春楡の木

藤井貞和

思潮社

春楡の木　目次

Ⅰ

Ⅱ

春楡の木

装幀＝奥定泰之

I

春楡の木

聖伝《せいでん》のなかに、
すっくと萌え立つ　春楡《はるにれ》の木です。
「その昔、
そのかみ、
国造りの大神、
村造りするとて、
国造りするといって、
この人間の国土へ、

降りてくる。
ついに村を造り終え、
国を造り終える。
さて、その後になって――」
(これこそわたしの、
ふるさとの山、
その名はオプタテシケという、
神のみ岳)
「そのみ岳の、
山頂より、
神雲の空に、
国造りの大神の、
昇天する。　そのときに、
春楡の木の柄を、

置き忘れて、」
（鍬をすげて揮い、
国造り、
村造りして、
造り終えると、
その柄を、
オプタテシケの神岳の、
山頂に、
置き忘れて）
「昇天する　大神が、
手づから作る、
鍬の柄の、
むなしく土とともに、
朽ち果てることの、

もったいなさに、
ちいさな　いのちとなって、
生い出る　春楡の木。」

（七月八日、「私は非転向だ」という、一通の手紙とともに、蛍石が送られてきた。　十七日（海の日）には、通りの街路樹にムササビ（現代詩）と、ユリカモメ（短歌）、それにくるり黒板に一回転半をえがき、ピーターパン（俳句）がやってきて、ひとつの枝に寄るとしばらく、さんざめくトークをして去った。　二十四日の終日、ハワイに滞在していたころの、草野心平さんについて調べていると、『ハワイイ紀行』（池澤夏樹、一九九六）にメハメハメの巨木をみつけた、ハメハメハではない。　きのうはずっと春楡の木について調べた。　書き写しているうちに、事件は「その昔、そのかみ」とあっても　一か月以内に起こったことだと気づいた。　一か月以内に起きたことだけが現代なのだと思うと、アートも、現代詩も、六月から向こうはもう現代でなくなってゆくのだとわかった。　前後二か月だけがたいせつなのだな、その範囲内にあるのが現代詩なのだとすると、これからさき一か月なら現代詩は持ちこたえられると知られた。　ここまで書き写してきたとき、春楡の木がもう枯れはじめていると私は感得する。）

山の歌

わたしは山を捨てる　山をくだる　もう食べる物がなくなるから、
わたしは妖精の全員が沢を降りる一族のあとに随《つ》いて降りる。
しばらくいのこり木に抱きついて緑を守る女の人たちに、
夕日が落ちると　数人の老人の影になる緑よ　美しく老いてゆけ。
かれらの尊い木から神が離れるときはわたしの不明となる時。
なぜならわたしはかれらの神だった　いまわたしの力が尽きる。
沿路から苔が光って別れる森へ脱いでゆく　山の階段をすこし降りて、
わたしは疲れる　沢をさらに降りて池のみどろで脱ぐうろこで踏む。

鋸状の葉は木の葉蝶の擬態　ないあしうらで踏む　かさこそ。
退路をいそぐ数万の妖精にようやく追いつくまでわたしもいそぐ。

ここに伸びる列から見えない後方がけぶってわたしにも見えにくく、
まっさかさまに屍体のなかへ落ちる歌　また湧きあがる道草の歌。
一族が移動する行く先々で「うたあそび」がはじまっている。
見面《けんめん》歌《か》が聞こえるかと思えば初交歌を高唱するグループもある。
こうして歌を脱いできたのだと祖神が言う　わたしは知っている、
わたしの祖母もその祖母も抱かれて抱いて子孫を村へのこしたかわりに、
搶歌に倒れた男女のうめきが岩陰を血だらけに染めていることを。
脚韻を脱ぎ散らした岩陰にわたしはそっと寄る　垣根にさらしてある、
わたしの養姉のひたいや足首や声のあとから「妹よ長蛇におなり」と、
祖母はいなくなる　今夜の婚姻の儀式の直前のわたしに告げる。

深い契りが待っている　早く終わってしまってほしい　メイクを落としたい、
結納の沼から錆びついたナイフを拾いあげる　ことばを切るためには。
闘歌の血祭りが終わる「夜明けの空」のにじむ切っ先に訣れは待つ、
送る歌のうしろの照葉樹に朝日をまぶしくする神語りの終りを。
荒地よ　川よ　わたしは居眠りする垣根に揺れる黄と緑とを知りながら、
みんなわたしの居眠りのなかへはいってくる　色は黄と緑とである。
道沿いの洗濯物と胞衣《えな》とを干す洗濯機から魂をしぼりきったあとでは、
脱いである制服も洗ってしまえ　三〇〇人が消えてゆく廃校の体育館。

一〇〇人、

木に抱きついて緑を守る女の人、
もうしばらく増える、
それから減る、
男の人が「ぼくら」のかげでいっぱいになる。

森のなかではやはり、
木が炎上したのかもしれない、
姉さんは「婚活」で、
ぼくらは「最期の石弾戦」、
炎えるあとから灰は降る、
神の嫁になる姉さん、
そんな伝説を閉じてぼくらは転校する。
ふるさとよさよならって、
さいごにうたう「山の歌」。

祈りつつある人々までがもうそこにだれも影さえ消されて終わる、
　沿路歌に、
見面歌。
　ねり歩く、　おなじ脚韻で歩く、

盤歌、問いただす。
搶歌、闘歌、
初交歌、
深交歌、
離別、そして相送歌、
鶏鳴のとき。
木に抱きついて緑を守る女の人はそれでも守る　神の木を、
木に抱きついて緑を守る女の人の昇天を、
木に抱きついて緑を守る男の人も昇天する、
木に抱きついて緑を守る女の人、
あなたはだれか　だれにたのまれて清掃しているのか　御嶽のエントランスを。
木に抱きついて緑を守る女の人、
木に抱きついて緑を守る女の人、
散文の終りから「うた」が始まる　もう散文を書かないひとが深く埋められている。

屍体から煙草が生え出てくる　島を立てると叙述がすすむ、
ハブよ神話のなかに出ておいで　星の音楽性を花時計の顔に咲かせる「ぼくら」、
花　二十四枚のはなびらが氷のなかから咲いたこと　不可知の哲学、
木に抱きついて緑を守る女の人、
木に抱きついて緑を守る女の人、
廃校に通う子供たちの（長蛇の）列と歌の起源　長蛇の発生と、
始原のひとの腓骨の楽器と「もうあしび」に咲く歌の起源。
あなたをさがしにやってきてみずべりで砂嘴の足をながし、
みずはあやす　からだをみずのなかでさげてゆく、
抱かれるかわのながれになってふるさとが見えなくなっても。

「うたがき」は囲む　火の踏歌を踏みしめながら、
長蛇はすべて仮面の絵に変わる　長い長い叙事詩の果てに、
緑よ　美しく老いてゆく樹皮にわたしの亡き蛇腹はまつわり、

三線《さんしん》の起源神話は語る　芸能者の井戸をふるさとに垂らしてきたことを、
まぼろしの山に仮面は踊る　くぐつの深い虚無こそ背後に隠して、
降りてきた山　わたしが一千年の眠りをかい覚ませば、
赤土に大麻を垂らして方相氏の笑いやなめりごと（乱声）　それもよし、
日輪のかたむく西の空漠をゆびさして山の辺の詩《うた》、
狼の舌に燃える緑のひじり　緑を視認せよ　褐色の世界から。

狼が伸びてくる一列で山から下りてくる　ふもとにさちをもたらす伝説。
山菜を摘む神の嫁には酒造りの秘術をさずけよう　待っていてほしい。
おおひとのわらじも造るべき　工具も囃すべき、
村立ての神楽を灰燼のなかからふたたび奏でようと思うな。
牛よ豚よ羊よあつまって羆とともに歩む　歌の生産を始める　焦土のなかから、
おおすけののぼるところ　梁をやめよ　むつごろうの帰るみちのりに灯りを点し、
明るくしてやれ　クリスマスのイリュミネーションをいただきまで絶やすな、

神みちにさいばらが聞こえる　鈴の神馬がいまあがろうとしているらしく、
御幣をかたづける掃除機の音もまた岩陰にしばらく聞こえて途絶え、
渇く歌声の途切れにまがうあなたのゆくえはあまりにも無惨に、
まもなく雪となる山中になお眠れぬときを過ごすのか　犯罪を憎む――

美とは何か

レヴィ・ストロース氏が、
マジノ線でドイツ軍の攻撃を、
待ち受けながら、
そのとき私は（と氏の言う）、
タンポポの花の円い球をじっと眺めて、
「この対象《もの》の奇蹟とも言えるような、
規則的な構造について、
因果関係や、

歴史的な偶発事や、
あるいは各部分の単なる組み合わせを並べてみても、
何にも説明できない」、
というふうに考えたのでした。
美とは何か？

天の雨に恵まれて、
上雨《じょうう》をたまわって、
荒らし火が、
消えると、
ゆうひのかげが延びてゆきます。
天上の、
タンポポをかぞえはじめた私。
かぞえることができるようになった、

三歳。
かぞえの指は根もとに分けいる、
かずをいくつもかぞえられる私なのに、
天上のゆうひが射して邪魔をする。
穂先をいじめる私、
ゆうひのように延びる指。
もっともっと小指は延びることでしょう。
根もとと穂先とが、
ゆうべの露で銀色に光ったこと。
穂先をいじめると、
銀色がなまりのように染みだして。

花の円い球を、
構造主義が描いてみせるもう一つの円。

うずらの卵も、
黄玉《おうぎょく》も、
構造的な夢の円。
耀《かがや》いたあとで光度をうしなう彗星は、
しっ尾よりも美しいか?
何でもが起きる、
そう思う　燃える。
かぞえないことによって、
どこまで近づけるかと問う　問わない。
草の原を出てからどこへ行くのだろうか、
うごきのタンポポよ、
あなたは出られない、
天上から。

うずらの卵も、
黄玉も、
焼き払われるマジノ線で。
焼け死ぬなと、
泉下の私の母は言ってました、
夢のうちでのことですが。
きょうは、
うずらの卵のなかへはいりこむ母が、
熱いよ　焼けるよと、
黄玉をまろばして、
荒らし火が燃え、
近づいて、
消すすべはなくなります。
液状になり、

たまごはまろばされ、
踏みつぶされます、
無用な戦場を拡張したために。

天の雨に恵まれて、
上雨をたまわって、
荒らし日が、
まったく消えると、
美しい日没があとから始まります、
天上の、
タンポポをかぞえはじめた私。
かぞえることが楽しくなりました、
八歳。
かぞえの指がひきちぎる根もと、

なかに這いいる、
かずをいくつもかぞえられる私なのに、
天上のゆうひがさらに射して邪魔をする。
穂先を見つめるのも、
だからうれしいんです、
ゆうひのあとから指してくる指。

銀色の球を撃ちこむのではなく、
ドイツ軍を待ちながらではさらになく、
ただひたすらに草の原、
鼻のさきに穂が揺れる時間を眺めて、
花の円い球をじっと、
命のように耀かせるのでなければ。

霧

霧が
私を連れて
山から下りてきたとき
私は八歳

霧が
いなくなり
私は犯された

砂漠の国で

古謡をあつめて
文字が下りてくる
私はそこにいるのか
キルリのなまえを探してください

霧のなかから
送電線が立ち上がる
怒りを送れ
キルリへ

怒りを
活断層が

逆送してこそ
キルリのなまえ知れわたる

デンマークの古詩
載った一節の頭文字
われらのキルリは
アフガンの霧

イラクの霧
文字の　断片
旧ユーゴスラヴィア
紐が下りてくる

もう見えなく

こと切れるキルリ
無名の闘いよ
帰れ　霧の島へ

われら　人間たちの
寄り合いは
座敷場に
あつまる　ユラリル

よそのみんなの
寄り合いは
四角座に
あつまる　ユラリル

さかづきの
作法は
びんの酒を
まえに置いて

ひとりひとりに
持ち持ちし
きゃくじんごとに
持ち持ちし

その作法こそ
ニガユル
その果報こそ
ティズユル

お帰り　霧の島
森のおく処で
少女は眠れ
うたの流れる　わが島

肩（かたひも）紐

没《い》り日を、
燃える火に見せて、
島よりも大きな、
おんな神《がみ》は、
ブラウスのしたで何思う。
緯度をぬぐ、
磯良《いそら》に愛される、
この醜悪な、

男神を南海へ捨てる。
人よ　誕生するとき、
はねのかけぶとんで、
くるみ捨てる。
むつきで捨てる、
縫い物。
むねの縫い合わせ目、
先端から、
すぐに再生する、
どんな愛の？　鎖。
ゆびの途上で、
そのかなた、
島をめぐる姥神《うばがみ》。
ベアトップで、

脱神話を鳴らす、
波のうえの逮捕劇、
　　火？
　　　　人？
　　　　　　火？
人？
これは記録しておこう、
書きのこした現実。
夏姿、きみのうすものに、
ひとすじをのこして、
透きとおる紐。

八本の針

刺繍による、布地のうえの曼珠沙華、ヒナゲシ。
縫いとる絨毯を引き裂くこと。　ぼくのシーツ。
あめ牛、馬が糞をする、そのうえに小便をするぼく。
美しい絨毯。　図形によって色相を奏でる。

浮紋だけが真偽を超える現実の像だ。

ここにあなたを引き裂くための八本の針がある。

……一本は龍樹の鉢のなかに落とされた針である。

童話のなかにあった、寝転がって見ていたら。

「ぽとりと落とされた針の極微《ごくみ》を」と、そこにはあった。

白雪姫が中間子をひろう、ぽろりと一つ。

湯川さんが宇宙の箱を差し出して、輪に描く。

天の運針によって、大きな大きな輪をえがいて!

「えがく」という語をどうか、文字通りに受け取ってほしい。

これにかぎらず、どうか。

（「電話口で、詩を読むように話してくれた。／神様、神様、／誰が、私たちの望みをかなえてくれるの？／たくさんの贈り物で、この日を幸せにして。／私が、学級で勉強するのを助けてくれるとうれしいなあ。／科学の力で私の頭を賢くして、心をきれいにして。／私とこの国をすべての悪いことから救ってください。」〈「水牛のように」五月一日「太陽の布団」佐藤真紀〉より。私こと、〈戦争のない国〉研究に今月から取り組んでいる近況です。）

暁

暁は、水位がしずかにさがる。
しょうあるものは、逢うと、別れて、
まっ暗な波のうえの、白い、あらわれる、
いっぽんの糸にかかって、むこうへ、
わたる。　それを約束だとおもう、（ちいさこ）

ちいさこの神技を見ていた、わたしの意識、
そのうしろ、露の色して、しらじらとあけるそらの、

なにもなさ。　帰らない、しょうある、かたちのあとは、
道に敷く、押し手をなごりとして散り過ぎる。（紅葉）

なにもなさが、暁の暗さをうしなう、
すべてが以前からの、約束であるというのに、
はじめがないから、
終わりがきっとないから。（くうをつかむ）

非情の草木すべて、かな（＝悲）しみの、
いろをあらわしたという。　しょうあるものは滅び、
はじめあるならば、終わりあり、
逢い、また逢うひとに、別れあり、
空無をかけているというのに、……（愛別……）

暁に別れて、うらみの強度はしなやかに、
十分に、耐えられる枕のふかふかや、
なにもないことの露を、
起きて別れる袖のうえ、ぐっしょりと敷いている。　（夢魔）

はじめなく、終わりなく、と思いながら、
つづく《恋》がひとを水の流れにかえる、と思いながら、
つづく。　みみをすますと、なにもないはずなのに聞かれる、それは、
〈恋〉から〈うた〉へ、流れだと思う、……　（恋）

（うらめしや。別れの道にちぎりおきて、なべて露おくあかつきの空　〈藤原定家〉）

Ⅱ

1ミリグラム

あと1ミリグラムがほしい、
一滴を砂漠に。
砂漠のちいさな、
にんげんのかくれがに、

一滴が足りなくて。
どんどんちいさくなってゆくひとたち、
いまや、
砂粒となって。
この点滴が、
いのちのあした、
いのちの砂でありますように。

〈辺見庸『たんば色の覚書』〈毎日新聞社〉より。

人類が太古からずっとつづけているのは戦争と差別と死刑とです。クラスター爆弾で自分の赤ちゃんの頭を割られたお父さんが、こぼれ出てくる脳みそを泣きながら頭へ戻している〈辺見さんの見た映像から〉。十二月二十五日〈二〇〇六年〉、クリスマスの日に四人を死刑した日本政府に対し、さすがにカトリック国から抗議が来たそうです。1ミリグラムがいつかは1グラムに、10グラムにと、最初のミリグラムは軽くても、増やしたいことです。）

平和について考えました

書こうとして、なぜ消える、
わたしの詩、昭和三十三年の初夏。
思い出そうとして、消える、
あなたの声——今日もあしたも。
詩集から、文字が消える、
とりのかげのように。
鉱物採集は失敗したみたい、
それでも帰って来ました、はやぶさ。

マングローブの林で、
こんやだけ咲く、サガリバナ。
古語で「かなしい」と口ずさむと、
悲しくなります、中学生。

〈教育実習の先生〈男性〉が、聞き取れない発音で口ごもりながら、熱心に組み立てていた授業を、中学生の私は、何度も何度もぶちこわした。二週間がたって、実習期間のさいごの日、先生はみなに別れのあいさつをして、広島での被曝が、片頬から半面にかけて大きなケロイドをのこしていること、そのために発音がうまくできなかったことを詫び、それから私のほうをむいて、「フジイくん、好きだよ」と、一言。なぜその先生は実習のはじまる最初に体験を言わなかったのだろう。実習期間のさなかに、どうして言ってくれなかったのか。〉

平和

ドームのしたには、原爆部落
（と言いました）がひろがり、
石川孝子（女教師）は、
教え子のゆくえをひとりひとり、
尋ねて回る。
ある子どもは粗末な墓碑の下に眠る。
特撮は、
爆風に蹴散らかされる廃市を、

スクリーンに映じる。
小学生たちが、みんなで泣きながら、
　手をつなぎ、
映画館から出てくると、
なぜかきょうは平成二十二年四月二十五日です。

（新藤兼人さんはいまも言いつづけているそうです。この映画をみたら、だれもが原爆を持つまい、作るまいと、心に誓うはずだ、と。一九五二年〈昭和二十七年〉、小学生たちは新作の「原爆の子」を見に、連れられて行ったのです。乙羽信子の女先生が、数年ぶりに広島を訪れます。岩吉爺さん（滝沢修）の手から孫の男の子を彼女は奪い取って、島へ連れ帰ります。というように、小学生たちには見えました。映画館を出て、私たちは誓います、「原爆ゆるすまじ」と。「ほんとうに平和だったとき。もうぜったいに戦争はないんだと、蒼空が沁みてならなかったとき。そう、昭和二十年代の、前半だったかな」と、井上ひさしさん〈哀悼します、井上さんほんとうにたいへんでした、お休みください〉。きょうは平成二十二年四月二十五日。ろうそくの火を両手に、人文字を作りにいま私は来ています。「NO BASE OKINAWA」、東京　明治公園から。）

N i g h t s

Outrageous!

Two kids died, and
then a whole bunch of
them, including her son,
was shot and
she did not hear until
a quarter to 11 at night.

In Nagasaki by terrorism
the mayor Ito was shot
and died in the hospital at
night, the peace-declared
city's nightmares.

32 person's faces, at CNN site, young
or aged, future-full students
or Liviu an old professor who
protected one of the classroom's
doors.

Ross, 20, her sophomore son who

had just declared English as his major was suddenly attacked by the discontinuing of his dreams.

（Three 18　four 19　six 20　one 21　four 22　……。以前に服部君のお父さんお母さんの尽力が功を奏してか、銃規制の時限立法をかちとったことがある。銃社会下で、武器を持たない大学社会が無防備であることの悲劇は、銃規制を強化することに一縷の望みをかけて再発を繰り返さないようにする。やれるのか、アメリカ合衆国は。）

翠の服

何もしないよりは正しい、と〈ぼく〉は思ったのに、
正しさを先生のことばに賭けた、ダイナシ。

地上こそが通り過ぎる、というような苦痛や、
緑玉から抽きだした色で塗る、ホウセンカ。

なおも砂漠の劣化が好き、
火器を好きになる？　迷彩服、ソウルの勤務。

身にともなうレース飾りに〈ぼく〉を変えて、
そのいでたちで、黒い軍隊からやってきて！

二十四歳の一冊で、何もしなかったし
内容が暗すぎて売れなかったし。

何かせずにはいられなかったぶんだけ、
〈ぼく〉を暗転とともに消してくれて、いいよ。

お母さん、岩石の隙間で、
いっしょに暮らしたかった。

別れのあいさつをさがしに行って、

頭髪を住処に〈ぼく〉は翠の虱《しらみ》になりたかった。
政権のせいにする直前で、二年の兵役、
戦闘のないとき、臨終を迎える。

神田駅で

夜明けがやさしいなら、
きっとわたしは、
きょう一日を耐えられると思う。
ここは夜明けの準備室、
まだ暗い駅。
わたしはぼくは、
精神を出られない、
置き去りのプラットホームで。

始発のチャイムが、
どこかから鳴りっぱなし。
立ち上がれるさ、
まえにすすむ。
神経はこなごな、
よわいんだから、お前。
けさのくるのが怖いひと――

夢のあとさきの、
希望がつながるならよいのに。
聖なる、
おりたたまれた、
棚田のように見える下町。

駅舎の向こうにひろがる下町。
ななめのそらをえがいて、
夜明けがやってくる。

神　神さまの手が、
田　田植えしている？
夢のなかではつたう水。
穂明かりして、
しばらくすると、わたしは、
一本の稲でした。

チドリアシ

暗いな、
チドリの脚もとがぼおっと明るくて、
暗い砂地を、
酔っ払って歩く、
浜千鳥が、
しばらくそうやって、
あっと思い返す、
韻《ひび》きの糸。

船出する西牟婁郡。

そのための、新しい船材と、
航海の技術。

智定房（下河辺行秀）は、
五十日あまり、ふだらく浄土に滞在してから、

『冥応集』によれば、
熊野に帰還したそうです。

（短歌というのは「をみなは生命《いのち》のうろをたまはる光る虚《う》ろ光よわれらがあがなひぬしよ」〈奥井美紀〉。『冥応集』のことは、松田修「補陀洛詣での死の旅」〈伝統と現代（特集・世捨て）、一九七二／七〉による。松田氏の言わんとするところは、けっして絶望的な行程でなく、新しい船を駆って勇躍、観世音に会いにゆく確信の旅だったと。）

写真

友人を訪ねると、
迎え火のかどに立って、
わたしを手招きする。

友人の母によれば、
閼伽棚《あかだな》の器をとって、
いっぱいの水を撒くのだと。

三好達治によれば、

夜るべに、
亡霊がきてそれを舐めるのだと。
一面、送り火となる町すじ、
家々をめぐって、
灯明を暗くする時間に。

友人が、
写真を見守っていた、
六十年ものむかし。

（「かくばかりみにくき国となりたれば捧げし人のただに惜しまる」「国のため東亜のためとおとなしく別れし頃は若かりしかな」「さびしげに父の写真を見つめゐる吾子《あこ》に悔い起こる折檻ののち」『この果てに君ある如く――全国未亡人の短歌・手記』一九五〇より）

Ⅲ

春、夏、秋、冬と、恋——連体詩

俳句というほどの詩じゃないな、狂句が心に告げる。
折口なら「心の人」が、嘆き（＝木）を積む精神の奥。
わたしの恋は人面の猿に等しい、と。　猿山に、
息切れながら攀じ登り、花のもとで、

連句をすこし、もうすこし。　花の座についで、恋の座は――
きみと分け合う。　無心にあそぶ人々の、五七五も七七も、
俳枕ひとつを分け合って。　おなじ悪夢に寝ようじゃないか。
わたしの恋と桜花との関係は「俳枕」へ降りてゆく。
石切の駅から降りて、いしうら（石占）に出る恋模様は「おばけ――
ちょうちん」みたいでさ、どろどろどろ。　きみとどろ沼で、
いっしょに狂句（＝共苦）。　しのび恋文を碑文が浮き立たせる御影石。

もうすこし、もうすこし、かようたましい。　かよわないたましい？

旅寝して、夏の句から冬の句へ枕火、枕水。　枕から火が、水が、

したたり落ちる一句、つづいて一句。　わたしの連歌師が脳漿を休める、

もしかしたら永久に。　――季節にも季語にも眠れなくて。

空間の鳥（空間の鳥）――連体詩

・空間の鳥（空間の鳥）。　霊社《れいしゃ》から飛ぶのが見えて、（佐奈田霊社に四十年前、来たことがある、）

・記憶を呼び戻す。　崖っぷちに海へ突き出る遺跡。（石橋山では血塗られる欺し合いさ、バ〈鳥型に墓のなかの霊魂〉とか、）

・発掘する時間の蛇の神体。　鈴口に留まり干からびて、（アブ〈心臓〉とか、）

・いつから「真」、「真」の外部、「真」のまんなか、……（古代 Egypt では甲虫のかたちをしていて、）

・きみは問う。　分からなくなった、ひとのいるこちらがわと、（インカ帝国だっても、審判のときには分からなくなる、……）

・範囲のそとがわと。　……ここはどこ、白いカーテンの奥、（白いカーテンに哀傷歌を書いて、今年の死者に捧げる千年紀、）

・日暮れの精神。　宗教者が山麓のうえを空に跳ぶ。（死者之書に捧げる翻訳、戦争の機械、魔物がやってくる、）

・琵琶は追いかける、菩提樹の琴があとを追う。（音楽の機械を翠の樹上に吊した死者の記念日、）

・数字の圏域で「真」はあるという話、在れ！（白いカーテンに捧げる三帰依、吐息に棲む俳句、……）

・きみの夢十夜。　もっと夢見て、魔物よもっとおいで。（夢魔を押す手触りで、夢のぶよぶよにもっと触るがよく、）

・真偽は二にして一つ、時は流れない。　二にして一つ。（翠の時と蒼い時、赤い色の時、灰色の時、）

・大麻を手にした宗教者よ。きょうからの偽経と、（金色の時のすきまで蛇口から神体を覗かせた道観や、）

・聖典外纂。持続？　夢の記述以前と、その手前。（バラモンもモルモン教もやってくる、手に手に擲たれる鞭や、）

・やってくる原人、すがたを現した原型人。（発火器の奥から立ち上がる最初の人、動物と、）

・空跳ぶかまいたち、いいずな。層序がかたむく。（金色のらっこは海の層序を取りしきる、）

・古生物の層序、玉は七つ。　技術者が玉を呼ぶ、（うたの技術者は魂の技術者でもあると、）

・狂句曼陀羅。　――共苦に耐えているはず。（連体詩の奥に）

石

「氷晶石を水にいれると、見えなくなります」と、ものの本に、書かれているので、私はおまえを水浴びへ連れて行く。石は、もうじき、わたしの視界から、見えなくなるのだ。石よ、ユング自伝には、「わたしが石の上にすわっているのか、それとも、わたしはかれがすわっている石なのか」とある。

大盤石あり、その石に小さな穴がある。成弁《じょうべん》が、そのなかにはいり、思うに、「出ようとしても出られない」。義林房と、縁智房とが、この石の、うえを通り過ぎる。「おい、義林房よ、どうしたらこの石を出られるのか」と、わたし。義林房は誦文《じゅもん》をおしえて、成弁に唱えさせる。連歌みたいな誦文だ。

唱えていると、大きな氷晶石が日に溶け出して、誦するにしたがい、すこしづつ消えて行く。消え終わり、頭と顔とが、ようやく出てくる。出終わるとまた石が消えて、わたしの腰のあたりに到る。まだすこしのこる石を、なんとかして脱ぎ捨てると、あとにのこるは私の抜け殻なのか、それともわたしなのか。

（明恵『夢記』と、河合隼雄『ユング心理学と仏教』岩波現代文庫二〇一〇年（原本一九九五年）とより。成弁は明恵のこと。河合のエピローグには世界で著名になった「千の風」が引用されている〈私の墓石の前に立って……〉。氷晶石〈cryolite〉はグリーンランド産が知られており、Na_3AlF_6というハロゲン化鉱物。）

大学

若木タワーを、
渋谷駅から、
遠い霧雨にけぶらせて、
わたしの先生は死んだ。

踏む冬草は枯れて、
その足すら、
疲れた詩人の国で踏み迷う、

いまごろは、きっと。

休み日の講堂に、
たたすんでいたひと、
あれはたしか折口さんでしたね。
なにゆえの涙、つくばいながら。

三矢さんもいる、
校門のかたわら。
砂に、
しみいるのを見ていました、涙。

モーツアルトが、
全身に流れる大学って、

ありませんか。
それともシューベルト。

冬の旅を終えて、
翼をおさめにやって来た、菩提樹の学問。
トロイメライの流れる、
恋しい墓地でもよい。

雪　雪降れば、
かたびら雪で、
夢と夢とのあいだに積もり、
身の影法師を連れて。
また飲みに行きましょうよ、先生、

わたみ、さくら水産、わらわら……
笑止です、思い切れとは。
これは恋の道です、文学研究。

隆達節にありましたね、先生。
じだじだじだだ　じだじだだ
じだじだじだだ　じだじだだ
あたた、あたた（筋をちがえました）

倭寇ののこした、
「うた」のことも、
先生のオハコでありました。
十七、八は二度そうろうか――

枯れ木に花が咲きそうろうか、
なんてね。　カラオケでは、
いつも枯れススキ、それから沖縄のうた。

——枯れ木に花が咲くならば、
焼いたさかなも泳ぎだす、なんても。
りんしょうさんのうたにつづいて、
わたしたちも歌わされました、十七、八のときから。

月なきみそらに、
無窮のおちに、
人智ははてなし、
　指導教授はね、生きてるだけでよいんです。

さよならなんて、言いません――

（隆達小歌集を利用しています。「かたびら雪」は薄い雪。）

子守歌の神謡

そこからは楠の船の領域、はいってはいってはいけない
竹の葉が二枚、乗ってはいけない
田んぼのましたに国がある、聞こえる
うたっていた泥の海の唄
貝が敷きつめられている、その貝は
二人の餓死を追いつめるであろう　母が
見捨てる、この逮捕劇は忘れられ
また、あたらしい母が二人の子を殺める

＊

イフムケ・カムイ・ユカラ
私のかわいい赤ちゃん！
何がお前に魅入ったというのか
横座に行き、手をつき、よもや私は
ぐっすりと眠ろうと思わぬ。　二人して
いまはミイラ化する屍より
ふたたび起きあがるのはユカラ
「鬼の母」と週刊誌は語る

（手がうごいてメモを取りながら、朝起きて出所のわからなくなることがある。私の作品でないかもしれない。九月八～十三日、エストニア国タリンで、「日本文学から立ち上げる批評理論」会議と、ラウリ・キツニックがエストニア語訳『あかちゃんの復しゅう』を前日までに完成させて、それの朗読会と。赤ちゃんつながりで。）

滅亡の力

――「我に出で来よ」（折口信夫）

「もの皆を」「滅亡《ツクシ》の力」「おおよそは」「あらず」「その声」「なすすべのなく」
「もの皆のむくろ」「ひとりの贄《ニエ》ならむ」「国会議事堂まえの」「六月」
「人身をひとりか」「ほふり」「死者の書に書き入れよ」「なれの」「六月の雨」
「おおよそは」「木《コ》のもとの墓」「時暮れて」「無言から立つ」「無言のまぶた」
「神栖《カミス》の宮」「いきどおろしく」「言問うと」「古き語りの語る」「まぼろし」
「時移り」「開拓びとを去らすとも」「春楡の木に栖む神」「なれは」
「霧の原」「沼立ち上る」「六月の国家」「はるかに滅ぶ」「くんなか」

「沼の神」「水田の神」「寄り添いて」「国はらすべて亡きこととせよ」
「わが養姉」「むくろを投げて」「ここにいる」「ここによこたわる」「水田のした」
「草の小屋」「焼き滅ぼして」「うつくしき」「むくろと」「焦げきわまるスカート」
「もの音のなかを」「叫びや」「一声は」「切り裂く」「空の耳」「に消えゆく」
「さくらじま」「火のしりべしの山」「怒り」「らうす」「くなしり」「苔の光れる」
「おおしまへ渡る」「女神《ジョシン》を」「海上の道にひれふす」「魚《イロクズ》」「われは」
「みこ神や」「移るやしろに」「火をかけて」「湯気立つ肉のむくろか」「きみが」
「火の山のみやけ」「記録のきれぎれに」「島びとを神は」「ほふると書けり」
「人と自然」「対抗と親和」「業なかば」「オオカミを哭す」「ここにつどいて」

——中村生雄に

「火のとから列島」「硫黄吹く岸の」「黒き光は」「瞬間（＝俊寛）の眼や」
「花園に逝きて」「帰らぬ人も」「ある」「あるさんざしのなかに埋もれて」
「花園へ静かに廻る」「針二つ」「夜は指す」「暗黒に向かいて」
「火祭りを写しとらむと」「小説家なかがみけんじ」「来るまぼろしや」
「神人《ジニン》の身」「みそかみそよを」「垢つきて」「火にくべてみよ」「見る」「頭屋より」

「しら神をあそばせよ」「いついつまでも」「しらじらあけの惨劇がある」
「稲の花」「神をいただく祀りごと」「党首を生けて沈めよ」「声が」
「アマテラス神や」「さいばら」「伊勢の海」「遠きしおあいの生け贄」「欲りす」
「男装の女神」「血染めの軍服を」「噴き出すあけの帰国」「終戦」
「行け」「地下の神軍は」「食う」「ひかりごけ」「さらに食いたくなる」「肉二つ」
「冷え寒き」「省線電車」「より手を振りて」「少年と天皇と鳥」
「くぐつらが」「せんがいきょう（＝山海経）のかなた」「より生れ出る」「展覧ＹＷＣＡ」
「光州のわれら」「一九八一の旅」「鳳仙花咲くか」「闇より」
「誤メールがさまようだろう」「いつまでも」「いつまでも帰らない」「少年」「家出」
「ひとばしら」「くるしき柱」「きみの声」「きみの恋」「いまわを捧げます」
「大魔神」「おおまがつ日も」「沼の井に」「足をとられて」「うごかぬ動画」
「待ち受けの画面に置いた」「さざんかの花がまぶしい」「恋するぼくに」
「山の手の省線電車」「少年の日のまどろみのなかを疾走」
「南行の省線電車」「少年の日のまどろみを乗せて失踪」

「亡き叔父に携帯電話を渡せたら……」「もう戦争は終わりましたと」
「南京の戦争博物館」「ただ一人で行ってきました」「少年兵が」
「長江の水田地帯」「はるけくて」「明け荷」「箱船」「数千の下肢」
「羊膜に書け」「わたなかへ投げ入れよ」「遊ぶ幼児を包む」「一枚」
「生首の著者」「背なに観音像一つ」「たつきくるしき介護のはてに」
「なぜ虐める」「小学生に迫り来る危険」「だれかがすこし笑った」
「みどろ行く早乙女の列」「まんなかの一人がいなくなった」「あわら田」
「妻」「幼児」「優婆塞」「乳母」「いたふりのかまつかが海に投げ入れていた」
「人身を買おう」「朝市」「美しき娘《コ》を売らむ」「誕生寺の庭に」
「こんな夜」「六部が聞いた物語」「あすはおまえが乗る」「寝台車」
「木車を押す」「透谷の物語」「国府津の在に日の暮れ」「早く」
「母親を打てば」「むすめの牝犬になる物語」「紐の文学」
「朗誦者」「朗誦せよ」「刑死をまえに」「紐を垂らして売る」「詩文集」
「菊の葉を浮かべて」「末期」「茶を啜る」「このいっときに短詩の羅列」

「いかだのうえ」「むすめと二人で流されていよう」「六部の私の終り」
「福祉電話」「いかだのうえにそっと置く」「寝具を畳み」「無人になろう」
「富士川をくだる」「いかだのうえに燃え」「ちいさく火災」「消さずあれ」「火を」
「ふなだまを叩いてわたる」「うみのうえ」「供物の意味をだれも知らない」
「にんぎょうの意味を知らない」「だれひとり」「未遂に置かれているのみ」「われら」
「餅を撒く海上に」「浮くえびすがみ」「祀る手と足とに」「あなごは棲まむ」
「物忌みの人を呼ぶ声」「波洗う岸より」「われに聞こえ」「よなたま」
「臓物の紐を垂らして」「犠牲者に啜る」「儀式の内ゲバの」「血よ」
「行き交う人」「行き交う人みな白衣」「近鉄奈良駅」「雑踏のとき」
「五十年」「時を刈る」「とそう言えるところにまでは」「登攀する」「哲学」
「菅谷さんに訊く」「リズムを問いかける」「置き去りにしたままの」「一篇」
「終わるきっと」「そう思われる日に終わる」「微笑みという」「あなたの合い言葉」
「誕生日」「あなたのいつが」「親しい儀式だったその日づけ」「かさなることば」
「くさむらの議事堂」「滅亡《ツクシ》の五十年」「書きつづけられる」「卒業論文」

「密造の詩と」「窓のない収容所」「いずれもきみにふさわしくない」
「魂の埋葬」「を病院の窓口で」「申し込む」「そこに川があるから」
「登攀する哲学」「をわたる数百の若き哲学者」「川流れ」「われら」
「唱えごと」「つよき信念」「くだかるる」「レスラーが一振りする警棒で」
「ことごとく」「どろをはき出す水道管」「から咲くだろう」「時代を送る」
「歳月ののち」「選ぶこと」「だれよりも何よりも」「愛したということば」
「それがきみを生かしているなら」「誠実にいまが」「もっとも」「こときれるとき」
「詩人らが屍体になって詩を書いた」「だれがそいつを許した」「と問え」
「流れ去る水に沈める」「十八歳の精神が」「からっぽのからだで書いた」
「わたしが」「ぼくが」「ふたたび」「天上の」「蘆かびをかぞえはじめたこと」
「ひるこたちが泣く」「かぞえることができるようになった」「一本のかび」
「二本の蘆」「三歳になるわたし」「かぞえるゆびの根もとにつきだす」「みどり」
「かずをいくつもかぞえられるのに」「ゆうひが射して邪魔をする」「と書いた」
「白い」「穂先をいじめる」「ぼくのゆび」「ゆうひのように伸びる」「と書いた」

「銅山の傍らに棲む社宅から」「ひるこの父は赤銅《シャクドウ》色で」
「母不明」「赤銅色の坑道に沿って」「この世に生まれた記憶」
「地の底に神がいたから」「見えたから……」「証言つづく」「三十三人」

暁の調べ

火口を、（暁だな、）
いつまでもひらく、
夢のなかで

数千の　白い人々、
夢のなかで　（魔よ）
魔よ、醒めるな、

眠りとは氷の一粒で溶けるはずの
ちいさな技術です。　とわに、
溶けることのない
凍る　暁の夢です

（「暁の調べ」は『うつほ物語』〈楼の上〉下巻から。この数日、たてつづけに、火口の、火山の悪夢が痛々しいです。〈リビアの？〉空爆のもとにいるかと思うと、火口です。「隣国に走り火さすな。鎮まれと、山ををろがむ山禰宜たちよ」〈晶子〉。句読点のついているのは迢空が引用するからです。）

ちいさなサイン

一方井さんの詩に、「あの子、
静かに眠っている」、と
静かに眠っている子の、
魂
言葉よ、「慎ましく生きる人々の姿を、
私は決してわすれない」とも

ほしかったものはありますか?
（一方井さんが訊く。）

「映し出されるのは形のない
あの子」（眠っている……）

（一方井亜稀さんのコメントに、「3・11を機に詩が紡がれるとするならば、それは傷を負った人々のリズムによってのみであろう。本作は震災以前に書いたものだが、これがどのように読み手に届くのかは分からない。ただ、書かれた（そしてこれから書かれる）全てのものはこの震災に耐えうる力を持たなくてはならないだろう。更に言うならば、遠いいつか、震災が忘れ去られてなお詩として機能するものでなくてはならない。言うまでもないが、このことは3・11以前にも公然と書き手に突き付けられていたはずである」とある。『現代詩手帖』五月号より。一方井の訓みは「いっかたい」。）

注、そして初出の覚え書き

I

・**春楡の木**（『現代詩手帖』２００６／９）

Ｉはややわかりにくいので、物語ふうに理解する。最初は美しい人間の国土を造って天上に戻ろうとした神が、斧を置き忘れる。その柄からちいさな春楡の木が生まれたという〈誕生〉の話。「わたし」は神話のなかでオプタテシケ＝大雪山に仕える女神。後書き（＝かっこの部分）はこの作の制作途上での出来事類。「わたし」はだれでもよく、出来事のなかの〈私〉であってよいだろう。聖伝は久保寺逸彦『（アイヌ叙事詩）神謡・聖伝の研究』〈聖伝3〉より。

・**山の歌**（『現代詩手帖』２０１０／１）

歌垣（歌遊び、歌会）で姉さん（＝わたし）は神さまに食べられる。「ぼくら」は歌垣を喪うのだろうか。おそらく木に抱きついて緑を守ることも、伝説をだいじに（あるいはだいなしに）することも、現代における歌垣再生の祈り（——婚活と言えば分かりやすいかもしれない）なのだろう。内田るり子氏の古い論文を利用し、『山歌』（大木康）を視野に入れてある。

・**美とは何か**（『現代詩手帖』２００９／９）

三歳から八歳までの物語。戦争があった。しかし二十世紀の思想潮流である構造主義が、成長、変容する時代。

・**霧**（『ミて』２００７／８）

八歳の物語。紐が生まれる。八重山古謡で、霧に関するアヨー〈歌謡〉は竹富島にだけ発見されているという。「キルリ」はキリオリ（霧降り）、の意。喜舎場永珣『八重山古謡』（下）を利用する。古謡のつもりで読んでほしい。

・**肩**（**かたひも**）**紐**（『あんちりおん』２００６／６）

女神が、紐を肩紐にして、巨大な夏姿で現れる。むろん巨大でなくともよい。「人」？　小動物や虫たちから見上げれば、みな巨神たち。

・**八本の針**（水牛のように、２００７／６）

「ぼく」は寝小便の名人である。絨毯に美しい模様をえがく。絨毯に刺繍するための針を使って、宇宙の広さと微粒子（湯川秀樹は「極微」という）とを縫い合わせようとする。〈戦争のない国〉研究はのちに『言葉と戦争』（大月書店）に結実する。

・暁（『現代詩手帖』１９９９／１）

ちいさこがようやく「恋」を知るまでの物語。定家の歌は『拾遺愚草』上から。

II

・1ミリグラム（水牛のように、２００８／５）

IIは掌編を中心に、言ってみるなら小練習曲シリーズ。1ミリグラムはいのちのこと。かっこのなかは詩と関係があったりなかったりするコメント。そういう書き方を『水牛』ではつづける。

・平和について考えました（水牛のように、２０１０／８）

小惑星探査機「はやぶさ」がイトカワ着陸後、エンジン停止などのトラブルを克服して、60億キロの宇宙の旅のすえ、帰還したことはやはり書いておこう。二行づつ、ほとんどばらばらに書き綴りながら、あやうく詩にしてみせた詩。さいごのかっこのコメントでようやく言いたい主題のような内容が浮上する。

・平和（水牛のように、２０１０／５）

映画のなかで「原爆部落」と言っていたので、そのまま使う。「特撮」という言い方がそのころあったかどうか、分からない。作品としては「原爆ゆるすまじ」。実際には岩吉爺さんと子供とのあいだを引き裂いた乙羽信子をわれわれはゆるせなかった。

・**Nights**（水牛のように、２００７／５）
ヴァージニア工科大学での惨劇は、三十一名の若者のいのち、アウシュヴィッツから生還した一教授のいのちを奪った。長崎では伊藤市長がテロの凶弾に倒れる。服部君は以前に米国社会で英語の誤解から射殺され、両親が銃規制のために奔走した。
・**翠の服**（『文學界』２００６／３）
この作は断片の集積で、劣化というのは劣化ウラニウム爆弾だろうし、黒い軍隊は「黒魔術」『ぼくの遺稿集』（ローベルト・ムジール）に拠る、など説明しても収拾がつかない。さいごの一行にあるように、「戦闘のないとき、臨終を迎える」（平和裡に軍隊が役割を終える）ということらしい。「平和」つながりの作のつもりで分かりにくくなっている。
・**神田駅で**（読売新聞２００８／５／20）
都心の駅の明け方。神田だから神の田んぼ、というつもり。
・**チドリアシ**（水牛のように、２００７／８）
渾身の演奏者、高田和子さんへの悼歌（だと思う、夢のなかで与えられた作品。覚めて書いた）。
・**新造船**（水牛のように、２００７／２）
・**写真**（水牛のように、２００７／９）
父親を戦没させた友人の家では、遊びにゆくと遺影が飾ってあった。そんな体験をいくつか持たされた昭和二十年代である。お盆の夏のひとしお淋しさ（奈良で）。

Ⅲ

・**春、夏、秋、冬と、恋**（『紫陽』16、２００８／９）

連体詩の一つ。折口信夫の「花見びとの　行きあふ音の絶えしのち　人の心を　なげかむとすも」〈出典未詳〉が引用されている。「恋の座」という定座があるわけでなく、ほとんど折口の創作に近い。

・**空間の鳥**（**空間の鳥**）（『詩論へ』①、２００９／２）

連体詩の一つ。かっこのなかがこだまのように言い返してくる言葉で、連歌式に仕組まれている。

・**石**（水牛のように、２０１０／４）

・**大学**（『現代詩手帖』２００９／１）

亡くなった青木周平さん（上代文学）を追悼する。しかしどんな居酒屋にかれが通っていたか、歌は……といった内容はすべて私の想像の範囲内で、複数の大学がかさなる。「折口」は折口信夫、「三矢」は三矢重松。「りんしょうさんのうた」は嘉手苅林昌の「十九の春」。

・**子守歌の神謡**（『フーガ』32、２０１１／10）

「＊」の前と後とは別の作品である。

・**滅亡の力**（『現代詩手帖』２０１１／１）

途中、一箇所、中村生雄さん（民俗学）を追悼する。五七五七七を壊すような形式を取るのは折口信夫への挑戦で、冒頭に「我に出で来よ」と、長編「贖罪」（『近代悲傷集』所収）を引いてそのことを暗示した。

……物皆を　滅亡《ツクシ》の力　我に出で来よ

「生首の著者」は「1ミリグラム」でも引用した辺見庸さんの詩集『生首』を思い浮かべる。「地の底に神がいたから」……はチリの落盤事故で地底から生還した鉱山労働者たちの証言に基づく。

・**暁の調べ**（水牛のように、2011／4）

・**ちいさなサイン**（水牛のように、2011／5）

一方井さんの作品名は「mirror」。私のこのたびの詩集は、「ちいさなサイン」でようやく閉じめを迎える。引用させていただいた多くの方、成立過程、編集過程に尽力くださった皆さまに「ありがとう」を捧げる。

2011／5　著　者

春楡《はるにれ》の木《き》

著　者――藤井《ふじい》貞和《さだかず》
発行者――小田久郎
発行所――株式会社　思潮社
〒一六二―〇八四二　東京都新宿区市谷砂土原町三―十五
電話〇三（三二六七）八一五三（営業）・八一四一（編集）
ＦＡＸ〇三（三二六七）八一四二
印刷所――創栄図書印刷株式会社
製本所――小高製本工業株式会社
発行日――二〇一一年十月二十日